AF299414

LA FLEVR

DE MARGVERITE,

DEDIEE A LA REYNE

Marguerite de France.

Par LOVYS GODET, *Escuyer, sieur de Thylloy Champ. Chaal.*

Sapiens sua sorte, gaudet.

A PARIS,

Chez IEAN MOREAV, ruë S. Iacques
à l'Escu de Bretaigne.

M. DC. XII.

MARGVERITE DE VALOYS.

ANAGRAMME.

TRE'SAIGE DV ROYAVLME.

TRE'SAIGE DV ROYAVLME,
& tref-grande Princeſſe,
Recepuez ceſte fleur, qui en ſa petiteſſe,
Va ſurpaſſant les fleurs que plus on a priſé,
Comme vous ſurpaſſez en Nobleſſe de
race,
En merite, en vertu, en richeſſe, & en
grace,
Les Reynes que le Ciel a plus fauoriſé.

A
LA TRES-HAVTE
TRES-EXCELLENTE,
ET TRES-SAIGE REYNE
Marguerite de France.

ADAME,
Cette petite fleur, que ie vous presen-
te, seroit indigne de vous, si vous la
vouliez proportionner à la grandeur
de vostre nom; Mais resouuenez vous
que la diuinité n'auroit point d'offran-
de, si elle vouloit auoir esgard à sa tou-
te-puissance : anciennement on luy
pouuoit sacrifier auec vn petit de laict,

A ij

4

ou bien quelque gafteau falé, & auoir-
on cefte creance, que le Ciel regardoit
pluftoft le cœur que la main de celuy
qui luy offroit quelque chofe : Cefte
confideration m'a faict prendre la har-
dieffe de vous addreffer cefte Marguerite , comme vn tefmoignage de ma
bonne volonté, que fi ceft efchantillon
eft aucunement bien receu, vous pour-
rez difpofer entierement de celuy qui
defire d'eftre à iamais de V. M.

Le tres humble, obeyffant, & tres-affe-
ctionné feruiteur L. Godet.

LA
MARGVERITE,
DEDIEE A LA REYNE
MARGVERITE DE FRANCE.

DV Lambris estoilé,
Les deux-fois-six portie-
res,
Ont enfin escoulé
Par leurs vistes carrieres:
Le temps ou ie voudrois
Estre comme trompette
De la fleur des Valois
Du sang Royal extraitte.
Donc Muse à ceste fois,
Remets moy en memoire

a iij

Celle, de qui ie dois
Ramenteuoir la gloire:
Que son nom buriné
Au fond de ma pensee,
Soit hautement sonné,
Sur ma lyre poussee
D'vn poulce armonieux,
Et que ma chanterelle
Mariee à mes vœux
Troüue grace aupres d'elle;
Si iadis les cheueux
Du chef de Berenice,
Ont trouué place aux cieux:
Muse sois moy propice
Afin que ceste fleur
Qu'on nomme Marguerite
Aye vn pareil honneur,
Que ma plume conduitte
D'vn vol prŏpt & hautain,
Aille fendant la preße,
Pour saluër soudain
Celle à qui ie l'adreße.

C'est vous race des Dieux,
Princeße sans seconde,
La Karite des cieux,
Les delices du monde,
Reyne, & fille de Roy,
TRE-SAIGE DV ROYAVLME,
De grace aßistez moy:
Car ainsi que le chaume
Est le iouët des vents,
Ce que ie vous presente
Auroit de coups de dents
De quelqu'ame ignorante:
Mais si vn coup i'estois
Maintenu d'vne Reyne
Alors ie me rirois
De leur sottise vaine.
Que ceux là sont heureux,
Desquels la renommee
Resonne sur le creux
D'vne lyre animee
Par vne docte main,
Et qui a eu la grace

a iiij

De trouuer vn chemin
Pour monter au Parnaſſe:
Ie ne ſuis point de ceux
Qui ſçauent ſi bien faire,
Et il me viendroit mieux
Poſſible de me taire
Pour n'eſtre point mocqué:
Mais quoy? on ne meſpriſe
Celuy qui a manqué
A quelqu'haute entrepriſe;
Sus ſus donc auançons,
Ma muſe, prens courage
Pour louër en tes ſons
Vne Reyne tres-ſage.
Quant deuant Ilion
Venus fut outragee,
De rouge vermillion
La roſe fut chargee,
Et le ſang qui ſortit
De la main de Cyprine
A l'inſtant rejaliſt
Sur la roſe pourprine,

D'un Ayax valeureux
Loeillet prit sa naissance,
Et le lys, precieux
Ornement, de la France,
Fut produit quand Iunon,
Fit sa mamelle traire
Au Dieu qui eust renom
Des monstres de la terre.
Ceste blanchastre fleur
Que Narcisse on appelle,
Esprouua le mal-heur
D'vne flamme nouuelle
Et soy-mesme il s'ayma
D'affection si forte,
Qu'vn Dieu le transforma
En fleur du nom qu'il porte.
Phœbus, pere du iour
Pour sa belle Clytie
Eschauffé de l'amour
La changea en soulsie,
Et encore auiourd'huy
Ceste Amante iaunastre

B

Pallissante d'ennuy,
Suit tousiours son bel astre.
Adon fut transformé
En fleurette pourprine,
Et de son bien aymé,
La deesse Cyprine
En tira quant & quant
Vne fleur qui se passe
Et qui n'a qu'vn instant
Perdant bien tost sa grace.
Mais pourquoy à ces fleurs
T'arrestes tu, ma Muse
Prend ton chemin ailleurs
Et plus là ne t'amuse:
Tu ne dois regarder
Rien qu'vne Marguerite,
Et ton luth accorder
Selon qu'elle merite:
Mais que dis-ie, toutbeau
Bien plutost l'Amphitrite,
Dans vn petit gobeau
Pourroit estre reduitte,

Que de pouuoir sonner
Dignement ses louanges,
Et son lots entonnner
Aux nations estranges.
Sur toutes raretez
Des riches pierreries
Nos yeux sont arrestez,
Aux perles bien choisies
Mais vn chacun sçait bien
Que les perles sont diutes
En langage ancien
Du nom de Marguerites.
Entre toutes les fleurs
Du tapis de Cybelle,
De diuerses couleurs
La marguerite excelle:
Ceste fleur gentiment
Est tousiours de duree,
Non d'vn iour seulement,
Comme la Germandree
Qui sur l'aube fleurit,
Quand Venus la nuit chasse

Puis au soir se fannit
Et sa beauté se passe.
Ceste petite fleur
De la paralysie
Allege la douleur,
Et sa fueiille est choisie
Quand dedans vn cerueau
Remply d'humeur peccante,
Où distille de l'eau
De ceste riche plante.
Elle entre en liniment,
Et iamais la vermine
Ne ronge aucunement
Ceste plante diuine.
Iaulne blanche en couleur
Ainsi rien ne s'esgale
A ceste belle fleur,
D'vne tige royalle,
Mais voicy son deffault,
Elle manque de graine
Et pour l'enger il faut
En prendre la racine

Nulle chose icy bas
De tout point n'eſt parfaite,
Mais cela ne fait pas
Pourtant qu'on la reiette:
L'eau eſt treſ bonne & l'or
Qui comme le feu brille
Dans l'eſclatant threſor
D'vn riche homme de ville,
Mais ô mon petit cœur,
Si tu as eu enuie
De louër quelque fleur
Ne cherche ie te prie,
Vn autre aſtre en plain iour
Qui plus luiſant eſclaire,
Que le ſoleil, autour
De ſa courſe ordinaire:
Ne penſe auſſi trouuer
Rien qui ſoit du merite
Ou qui aille du pair
A ceſte marguerite:
Comme vn autre Hieron
D'vne royalle race

Elle acheue le rond
De la gloire, & surpasse
Sur chacune vertu,
Et d'heureuse nature
Son esprit reuestu
D'vne riche parure
Extremement se plait
A la douce musique
De laquelle se plait
Son oreille heroique:
Son logis est l'hostel
Où Minerue reside,
Où Phœbus immortel
Sur les muses preside:
Loing de la sont chassez
Les compagnons d'Vlisse
Qui suiuent les exces
Et la bourbe du vice:
Le lys en sa beauté
De royal apparage,
Est des vents agité,
Et battu de l'orage,

Mais on voit à present,
Que ceste marguerite
Est à l'abry du vent,
Et que rien ne s'excite
Pour troubler son bonheur,
Toute chose luy cede
Et presque tout le cœur
De France elle possede ,
L'vn excelle en vn art
Et sçauroit bien escrire
L'autre tient pour sa part
Les resnes d'vn Empire :
Mais les grands sont assis
Au plus haut de la boule
Et au fort de laixis
De ce monde qui roulle :
De diuers entrelas
Nostre ame s'embrasse
Et le ciel ne fait pas
A l'homme, ceste grace
Que de luy reueller
Si la parque a enuie

De luy vouloir filer
Bien longue ou courte vie:
Viuez Reine long temps
Duiour à la iournee,
En penſant que les grands
Ont leur fin deſtinee:
Que Nemeſis iamais
Ne vous ſuiue à la trace,
Mais que touſiours en paix
Dieu vous preſte ſa grace.